Ich kenne

weder die Farbe Deiner Augen, noch weiß
ich, wie Du ausgesehen hättest.

Aber eines spüre ich: Du hast tiefe Spuren in meinem
Herzen und meiner Seele hinterlassen. Spuren, die
untrennbar zu mir gehören – so wie Du.

Ich will Dir Platz in meinem Leben geben und
trauern, weil ich Dich verloren habe.

Doch ich will mich auch freuen, weil ich weiß,
dass jedes Leben etwas ganz Besonderes ist.

Dieses Erinnerungsalbum ist einer ganz
besonderen Zeit in meinem Leben gewidmet.

Meine Liebe zu Dir habe ich
in Worte gefasst und Dich

_____

genannt.

Bibliografische Information der Deutschen Nationalbibliothek

Die Deutsche Nationalbibliothek verzeichnet diese Publikation in der Deutschen Nationalbibliografie; detaillierte bibliografische Daten sind im Internet über http://dnb.d-nb.de abrufbar.

Danksagung

Ich danke Karolin Stock, die nicht nur für ihren
Sohn Felix, sondern für alle Sternenkinder die
wundervollen Bilder zu diesem Buch beigetragen hat.

Ein Wort vorab

Dieses Album ist geeignet, Deine Erinnerungen schriftlich, im Bild und durch andere Erinnerungsstücke für viele Jahre festzuhalten. Da das Album für Babys gedacht ist, die aus verschiedenen Gründen und zu verschiedenen Zeitpunkten durch einen Schwangerschaftsabbruch gestorben sind, wird es eventuell Rubriken geben, die Du nicht ausfüllen kannst. Vielleicht finden sich Möglichkeiten, trotzdem zu vermuten oder nachzuholen.

Es ist zu empfehlen, für die Eintragungen einen guten Fineliner zu benutzen. Für die Fotos eignen sich doppelseitig klebende Fototapes. Diese solltest Du auch für andere Erinnerungsstücke verwenden.

Mit Liebe berühren
Erinnerungsalbum nach einem Schwangerschaftsabbruch
Autorin: Dr. phil. Heike Wolter

Besonderer Hinweis

1. Auflage 2013
© 2011 – 2013   edition riedenburg
Anschrift   edition riedenburg, Anton-Hochmuth-Straße 8, 5020 Salzburg, Österreich
E-Mail   verlag@editionriedenburg.at
Internet   editionriedenburg.at

Illustrationen   © Karolin Stock

Umschlaggestaltung, Satz und Layout: edition riedenburg
Herstellung: Books on Demand GmbH, Norderstedt

ISBN 978-3-902943-06-4

Liebe Mutter!

Ich wünsche Dir, dass Dich dieses Erinnerungsalbum auf dem langen und oft schweren Weg Deiner Trauer um Dein verstorbenes Kind begleitet. Es soll Dir helfen, zu heilen und Deinen Frieden zu finden in einem Geschehen, das viel Kraft und Mut für eine Entscheidung von Dir erfordert hat.

Die Idee zu dieser Albenreihe ist entstanden, weil ich nach dem unerwarteten Tod meiner ungeborenen Tochter mit einem Babyalbum vorlieb nehmen musste, das von mir verlangte, den ersten Schritt, das erste Lachen, die liebsten Kindergartenfreunde festzuhalten.

All das gab es jedoch nicht, und so war es mir manchmal unerträglich, das Album aufzuschlagen, um all die Leerstellen zu betrachten. Ich hatte ganz andere, aber ebenso wichtige Erinnerungen, für die es keinen Raum zu geben schien.

Die folgenden Seiten bieten viel Platz für Deine eigenen Gedanken und sollen in ihrer Offenheit ein einladender Ort sein, um Ruhe in Deiner ganz privaten Erinnerung zu spüren.

Heike Wolter

Inhalt

Die Zeit der
Schwangerschaft mit Dir

Entstanden bist Du aus diesen zwei Menschen:

_____

_____

Dann habe ich von Dir erfahren:

_____

_____

_____

So habe ich von Dir erfahren:

_____

_____

_____

Meine ersten Gedanken und Gefühle:

_____

_____

_____

_____

Das habe ich zuerst gemacht:

_____

_____

_____

_____

_____

_____

_____

_____

Die ersten Reaktionen des Vaters:

_____

_____

_____

_____

_____

_____

_____

Jedes Leben

ist in der Tat ein Geschenk. Egal wie kurz, egal wie
zerbrechlich, jedes Leben ist ein Geschenk, welches
für immer in unseren Herzen weiterleben wird.

Hannah Lothrop

So verlief der erste Termin beim Arzt / bei der Ärztin:

Hatte ich Sorgen, Ängste oder Zweifel?

_____

_____

_____

_____

_____

Äußerte der Arzt / die Ärztin Bedenken und wie reagierte ich darauf?

_____

_____

_____

_____

_____

Habe ich Dein Herz schlagen sehen?

_____

_____

_____

Das bist Du im Ultraschall:

Sich entscheiden:
Eine Zeit zwischen Verwirrung und Selbstfindung

Warum ich glaubte, Dich nicht behalten zu können:

Neu anfangen

heißt loslassen. Anfangen heißt Entscheidungen treffen.
Im Anfangen wirst Du neu geboren.
Anfang und Ende haben etwas gemeinsam.

Monika Minder

Unter diesen Umständen hätte ich mich für Dich entscheiden können:

Das waren die Mitmenschen, die von meinen Überlegungen wussten:

_____

_____

_____

Diese Argumente anderer sprachen für Dich:

_____

_____

_____

_____

_____

Diese Argumente anderer sprachen gegen Dich:

_____

_____

_____

_____

Diesen Menschen konnte ich mich öffnen:

_____

_____

_____

Diese Menschen haben mir gut getan, weil:

_____

_____

_____

_____

_____

_____

An diesen Orten war ich während der Entscheidungsphase sehr gern:

_____

_____

_____

_____

_____

Trost

wird zur Vertröstung, wenn nicht gar zur Lüge, dort,
wo Klage und Trauer nicht gehört,
nicht zugelassen werden.

Mechtild Voss-Eiser

Diese Hilfen habe ich in Anspruch genommen:

_____

_____

_____

Dort habe ich mich beraten lassen:

_____

_____

_____

So verlief das Beratungsgespräch:

_____

_____

_____

_____

_____

_____

_____

_____

So habe ich mich nach der endgültigen Entscheidung gefühlt:

So hat der Vater des verstorbenen Kindes nach der
endgültigen Entscheidung seine Gefühle ausgedrückt:

Der Tag des Schwangerschaftsabbruchs

Entscheidung

*ist ein Kreuzweg des Lebens, von dem die Wege
mehrerer Möglichkeiten ausstrahlen.*

Gerhard Kraatz

Datum Deines Todes:

_____

Zeitpunkt Deines Todes:

_____

So alt warst Du, als Du gestorben bist:

_____

Ort Deiner Ankunft:

_____

_____

So habe ich die Trennung von Dir erlebt:

_____

_____

_____

Diese Menschen haben mich begleitet:

_____

_____

_____

Erinnerungsstücke an Dein Dasein

Hier ist Platz für einen Segensspruch, eine Erinnerung
vom Ort des Abschieds und Ähnliches.

So habe ich diesen Tag in Erinnerung:

Das bist Du

Hier ist Platz für ein symbolisches Bild oder ein Foto Deines verstorbenen Kindes.

So habe ich mich nach dem Schwangerschaftsabbruch gefühlt:

Erinnerungen an Dich

Geburts- und Todesanzeige

Vermutlich hast Du keine Geburts- und Todesanzeige veröffentlicht. Aber vielleicht möchtest Du die Gelegenheit nutzen, hier ganz für Dich zu überlegen: Welche Gedanken oder Wünsche möchte ich meinem verstorbenen Kind mit auf seinen Weg geben?

Erinnerungsstücke

Hier ist Platz für etwas, das Du mit Deinem verstorbenen Kind verbindest.

Und kommen wir einst

in die Anderwelt, viel Dunkles wird sonnenklar, denn
alles wartet dort auf uns, was hier nicht möglich war.

Michael Ende

An diesen Orten fühle ich mich Dir ganz nah:

Deine Familie

Leben heißt,

es mit etwas zu tun zu haben –
mit der Welt und mit sich selbst.

José Ortega y Gasset

Dein Familienstammbaum

Du hast Platz bei mir, Platz in unserer Familie.

Habe ich meinen Verwandten von Dir erzählt?

Habe ich meinen Freunden von Dir erzählt?

Meine Gedanken
und Gefühle

Traurigsein heißt

überhaupt nichts wollen und auch nichts
nichtwollen. Es heißt nur Traurigsein.

Erich Fried

Die Zeit danach

Hier ist Platz, Ereignisse und Erlebnisse, Gedanken und Gefühle niederzuschreiben.
Vielleicht möchtest Du mehrere Eintragungen machen und diese mit
Datum versehen, denn es kann sein, dass sich Deine Sicht wandelt.

Es geschieht, dass eine kleine Seele

die Erde nur streift. Ihr Ankommen und Gehen fallen fast in eins.
Ihr kurzes Verweilen ist nicht umsonst, denn sie verändert die Erde.

Doris Kellner

Gedichte und Zitate

Diese Gedichte und Zitate sind mir besonders wichtig:

Meine Mitmenschen

Ich habe Menschen, denen ich mich anvertrauen kann:

_____

_____

_____

_____

_____

_____

_____

Von diesen Menschen aber bin ich enttäuscht:

_____

_____

_____

_____

_____

_____

Ich möchte meinen Mitverantwortlichen vergeben:

Gedenken und Verarbeitung

So gedenke ich Deiner,

auch wenn ich mich gegen Dich entschieden habe:

Du bist unvergessen.

So könnte ich mir einen Erinnerungsort für Dich vorstellen:

So erinnere ich mich an Dich.

Hier ist Platz für eigene Gedichte, einen Segensspruch, das Programm eines Gedenk-Gottesdienstes, ein Foto, eine Zeichnung – oder was immer Dich an Dein Kind erinnert.

Da merke ich, dass ich mit meinen Gefühlen nicht allein bin:

Ich möchte mir vergeben:

Nach vorne schauen

Das Rad der Zeit lässt sich nicht zurückdrehen. Was ich aber tun kann, damit das Geschehene einen Sinn erhält, ist, nach vorne zu schauen und dem Leben den Wert zu geben, den es verdient. Dazu möchte ich Folgendes beitragen:

Vergeben heißt

aufhören, sein eigenes Herz zu verletzen.

Anonymus

Für Dich möchte ich Folgendes unternehmen / schaffen:

Manches bleibt offen

Versöhnt weiterleben können

Fragen nach Schuld, Verantwortung und Alternativen bleiben häufig offen. Ich finde keine Antworten, aber im Schreiben bringe ich zum Ausdruck, was mich noch immer beschäftigt.

Versöhnung bedeutet

zu akzeptieren, dass Vergangenes nicht
mehr verändert werden kann.

Anonymus

Tagebuch

Heilen bedeutet

mit Liebe zu berühren, was wir zuerst mit Angst berührten.

Stephen Levine

Loslassen

Es gibt so Vieles ...

... was ich Dir noch sagen wollte. Zum Abschied schreibe ich Dir diesen Brief.

Das Geheimnis der Erlösung

heißt Erinnerung.

Jüdische Weisheit

Was unser Denken

begreifen kann, ist kaum ein Punkt, fast gar nichts
im Verhältnis zu dem, was es nicht begreifen kann.

John Locke

Spuren im Leben

Du hast Spuren hinterlassen

Vielleicht ist irgendwann die Gelegenheit, Deine Erfahrungen mit jemandem zu teilen, den Deine Erlebnisse nicht unberührt lassen, und der seine eigenen Gedanken hier niederschreiben möchte.

Quellen der Zitate

in der Reihenfolge des Erscheinens im Buch

Hannah Lothrop
Gute Hoffnung – jähes Ende. Fehlgeburt, Totgeburt und Verluste in der frühen Lebenszeit. Begleitung und neue Hoffnung für Eltern, Kösel, München 1991.

Monika Minder
Veröffentlichungsform unbekannt.

Mechtild Voss-Eiser
Veröffentlichungsform unbekannt.

Gerhard Kraatz
Veröffentlichungsform unbekannt.

Michael Ende
Trödelmarkt der Träume, Thienemann, Stuttgart 1986.

José Ortega y Gasset
Leben heißt, in: Stefan Knischek, Lebensweisheiten berühmter Philosophen, Schlütersche, Hannover 2008.

Erich Fried
Traurigsein, in: ders., Das Nahe suchen. Gedichte, Wagenbach, Berlin 1982.

Doris Kellner
Veröffentlichungsform unbekannt.

Anonymus

Stephen Levine
Veröffentlichungsform unbekannt.

Jüdische Weisheit
Talmud.

John Locke
Was unser Denken, in: Stefan Knischek, Lebensweisheiten berühmter Philosophen, Schlütersche, Hannover 2008.